Respiro a testa in giù
Claudia Cinelli

1

Respiro a testa in giù
Claudia Cinelli

Respiro a testa in giù
Claudia Cinelli

Respiro a testa in giù
Claudia Cinelli

RESPIRO A TESTA IN GIU'

CLAUDIA CINELLI

Respiro a testa in giù
Claudia Cinelli

A Elvira, custode di tutto questo
A Debora, alla fiducia che ha riposto in me

Respiro a testa in giù
Claudia Cinelli

Incipit

"Quando sei una ginnasta le parallele sono sempre molto alte".
Fisso lo schermo del mio IPhone che ha dato tra i primi risultati della mia ricerca "frasi famose ginnaste" queste parole di Nadia Comaneci.

Leggo e rileggo, ancora una volta, per aver il concetto chiaro e ben definito in mente.

Alla fine, dopo tre minuti di riflessione, quello che la mia mente ne trae è che le parallele per me sono sempre state alte, anche quando di anni ne avevo diciotto suonati.

Io, un metro e cinquantotto centimetri di semplicità, una passione grande per la ginnastica.

Due occhi marroni e curiosi che guardano il mondo, ai capelli striature rosse ed arancio, sulle guance efelidi.

Non sono stata una ginnasta grande, ma la ginnastica è stata tanto, tutto.

E in fin dei conti lo è ancora adesso.

Sono stata una di quelle che guardava "Ginnaste vite parallele" non tanto per vedere Nicola Bartolini uscire con Carlotta Ferlito, ma per vederli crescere, migliorare, partecipare a incontri internazionali o alle Olimpiadi, non tanto per quando si baciavano.

Sono stata una di quelle che capiva le loro lacrime, ammirava i loro body, il trucco che alle gare era impeccabile, mentre il mio, per una ragione o per l'altra, spesso rigava le mie guance insieme alle lacrime insoddisfatte.

La mia vita si è articolata per più di quindici anni tra le ore di studio combinate agli allenamenti in palestra, alle amiche contate sulle dita di un palmo della mano, quelle che ancora oggi quando le incontri ti dicono: «Ti ricordi quando...».

Tutto un tic tac dell'orologio, tutto quello che per me era essenziale. Tutto quello che è passione.

Un passo indietro e ricordo quello che c'è stato. Una storia di amore e odio che Catullo potrebbe capire, di passione e determinazione, una vita adolescenziale in preda a sentimenti, dubbi, indecisioni per il futuro.

Una storia bella e unica, una storia che mi appartiene.

1. Quotidianità

E come entusiasmo

Un lunedì come tutti gli altri, mezza addormentata vado verso la fermata del pullman tra uno sbadiglio e l'altro, alternandone uno con rumori annessi ad uno silenzioso.

Faccio così ogni mattina, freddo felino, brina invernale, pioggia, sole, neve o vento non mi fermano, devo arrivare sulla strada statale, vicino al cartello blu che indica la fermata dell'autobus; non c'è nemmeno una panchina e tu sei lì, in preda al traffico delle sei e cinquanta, quando ancora non ci sono molte macchine in giro, una cinquecento qua e là, dei camion pronti ad arrivare a destinazione e poi tu, versione pinguino invernale o fresca rosa primaverile (si fa per dire insomma). Il mood è sempre lo stesso ormai.

Sono da poco diventata maggiorenne, in lontananza vedo l'obiettivo patente, sto facendo la pratica, ma prendo ancora l'autobus, quello che ormai mi accompagna da cinque anni al liceo.

Sì, frequento l'ultimo anno del liceo delle Scienze Umane, per capirci quello che tutti chiamano "psicopedagogico o ex magistrale", l'anno è iniziato da poco, ma già i professori pressano come macigni danteschi per la maturità; io, per ora, mi sento abbastanza tranquilla, ma ormai mi conosco troppo bene, mi agito quando sono di fronte al traguardo, un po' come quando faccio le gare, mi agito quando salgo in pedana, tocco la trave, percepisco gli staggi.

Mentre i miei pensieri si aggrovigliano nella testa, vedo un bestione blu che arriva con calma, è l'autobus che mi porterà direttamente all'entrata del liceo. Si aprono le porte e messo il primo piede sul gradino per salire cerco di scovare due posticini liberi in mezzo alle folte chiome, alcune addormentate, alcune con gli occhi sui libri che ripassano gli ultimi appunti. Mi destreggio in un equilibrio da travista fin quando arrivo quasi fino in fondo e, praticamente, siamo già alla fermata successiva. Tutta soddisfatta mi siedo vicino al finestrino, non ho mai dormito durante il viaggio né di andata né di ritorno, mi sono sempre persa a guardare fuori dal finestrino a fantasticare, fino a quando non è arrivato Andrea a impedirmi tutto ciò. Andrea sale esattamente una fermata dopo la mia, non frequenta la mia stessa scuola, ma può prendere il mio stesso pullman perché il suo istituto è vicino al mio. Essenzialmente prende la mia linea da quando mi conosce, prima non si era mai visto qui sopra, un perfetto sconosciuto che mi sembra di conoscere da sempre.

È lui che mi sta stregando, è lui che mi sta conquistando. Ho persino tradito il mio amato IPod da quando lo conosco, non ascolto più la musica, ma parlo con lui, di qualsiasi cosa, l'importante sono le parole che ci legano per quell'oretta mattutina. Così quei quindici chilometri che prima mi sembravano interminabili, ora sono diventati una passeggiata che dura fino alle sette e cinquanta. Arrivata alla mia destinazione quotidiana, saluto Andrea che prende la strada opposta alla mia e incontro Chiara con cui percorro il vialetto d'entrata.

— Buongiorno Vale.

— Buongiorno a te, hai studiato per oggi?

— Si dai, qualcosa so, ho dato una lettura veloce dopo aver visto i messaggi di ieri sul gruppo della classe; però se facciamo due calcoli, oggi è il sedici, ma Anna l'ha già chiamata, quindi cinque più uno fa sei, io sono il numero otto dell'elenco. Fiuuuuu, forse anche per oggi l'ho scampata.

Al liceo, ogni tanto si vive così, di odio verso i numeri (non che io li ami molto di solito) e di ore passate sui libri. Si vive di compagne di classe e io, frequentando un Istituto prettamente femminile, sento quasi sempre quei discorsi tipici che riguardano cerette, cicli, trucchi. Sono un po' estranea a questo mondo, perché per me la parola d'ordine è semplicità. Quando ho voglia la mattina allungo le ciglia con il mascara, in sostanza solo per il mese di settembre quando ho ancora l'energia tipica di una Duracell; vivo di jeans e felpe e mi sento abbastanza bene così, esternamente una quindicenne non ancora cresciuta, dentro qualcosa in più.

Primo modulo di storia seguito da due di filosofia, ergo dormita assicurata.

Le materie letterarie mi affascinano davvero tanto e anche se è lunedì cerco di cogliere al meglio i nessi di causa/effetto di alcuni avvenimenti che hanno stravolto il mondo, mentre la filosofia mi appassiona a ritmo altalenante.

La mattinata è interrotta dai quindici minuti di ricreazione che ormai sono solita passare in classe a chiacchierare con le mie compagne, alcune sedute sul pavimento vicino al calorifero, altre sulla cattedra. Si parla del più e del meno, dei programmi per il weekend, dello studio, di dubbi inerenti al futuro, della dieta in voga.

Mancano soltanto tre moduli alla fine della mattinata e poi si andrà a casa. In ordine ci sarà matematica, chimica e latino. Insomma, in teoria una passeggiata sul Monte Bianco, praticamente vietato distrarsi se non vuoi cascare in un burrone dove nessuno poi ti potrebbe più recuperare. Forse è più paragonabile alla salita al Monte Ventoso di Petrarca, anzi forse ancora peggio, visto che delle tre materie quella che preferisco è latino, ma come qualsiasi studente al mondo, mi risulta impossibile essere mentalmente pronta a qualcosa che mi piace, dopo esser stata sul letto di spine scientifico.

Guardo l'orologio e sono le dodici e quaranta, tra venti minuti si esce e anche per oggi sono sopravvissuta, alla scuola per lo meno, stasera mi aspetta l'allenamento.

E come enjambèè, l'elemento che oggi manco se avessi pregato in ginocchio sarebbe uscito come avrei desiderato.

Sono quasi due mesi che ho ripreso ad andare in palestra dopo la pausa estiva, la forma fisica più o meno c'è, ora bisogna avere la costanza di continuare a provare elementi su elementi, impararne qualcuno nuovo, scegliere le combinazioni più vantaggiose e poi ripulire il tutto. Un po' come quando si cucina una torta: individui l'idea, butti giù una prima ricetta, selezioni gli ingredienti migliori e nel frattempo speri che diano il risultato sperato, stai con la pila accesa davanti al forno cercando di percepire con il naso qualche fragranza piacevole.

Sta di fatto che la pila accesa ce l'ho sempre, ma troppo spesso mi sento tanto Leone il cane fifone, quando, in giornate come oggi, tutto non va come vorrei e sale la paura di sbagliare, il timore di non riuscire a ottenere ciò che vorrei.

Quando mi sento così, parlo spesso con Lucrezia, la compagna numero uno, quella che non cambieresti per nessun motivo al mondo, l'orsacchiotto che vorresti stringere di notte. È con me in questo percorso da una vita, siamo state avversarie sin dalla prima gara. Sarebbe bugiardo dire che non esiste spirito competitivo tra di noi, c'è eccome, ma soltanto durante le competizioni.

—   Ciao Vale - dice Lucrezia mentre entra negli spogliatoi.

—   Ehi, tutto bene?

—   Si sì, solito, tu?

—   Bene, bene grazie.

—   Oggi dobbiamo provare il salto indietro d'uscita alle parallele che non siamo riuscite a provar venerdì.

—   Ah, già è vero, anche se non me lo ricordavi...

—   Ma dai, di cosa hai paura?

—   Io ho sempre paura di qualsiasi cosa. Dovresti saperlo...

— Non è una scusa valida questa. Io mi sento prontissima, oggi poi, ho fatto una mega dormita in pullman mentre tornavo da scuola, mi sento in ottima forma, come non mai.

Lucrezia è sempre stata così, una che la paura non sa nemmeno dove sta di casa, una che nelle competizioni ha mostrato il lato giusto da dare a vedere, una che sa qual è il ruggito del leone. Non ho mai invidiato le sue capacità, mi è capitato di ammirarle in diverse situazioni, ma ho sempre pensato che la torta bicolore margherita e cioccolato fosse buona perché amalgama i due gusti, ecco così siamo anche noi.

2. Happiness

Q come quadrato

Una semplice figura geometrica, forse una delle prime che si studia alla scuola primaria in geometria: area calcolata moltiplicando il lato per sé stesso.

Un posto che si chiama casa, la palestra.

Il profumo di magnesio è come l'ammorbidente dei panni appena usciti dalla lavatrice. Una fragranza che ti penetra nelle narici.

Andrea non ha ancora ben capito cos'è per me questo mondo, penso che soltanto una persona che la vive sulla propria pelle riesce a comprendere quanto ti può trasmettere uno sport come la ginnastica artistica.

Lucrezia lo sa, lei che è così diversa, ma complementare a me.

Lo sanno anche Arianna e Federica, le componenti del mio team. Arianna è più piccola di me, ma come persona mi piace tanto, è una ascoltatrice favolosa, pronta a tenderti la mano, come le orecchie. Federica del gruppo è quella un po' più tra le nuvole, nel senso buono, nel senso che è matta, e anche quando siamo serissime nel provare, lei arriva con la battuta che fa perdere tutta la concentrazione a tutte. Ma senza lei, il nostro team non sarebbe al completo.

Siamo quattro personalità diverse, che si completano e con le giuste sfumature necessarie per competere. Organizzazione, sincronia, precisione sono tre requisiti essenziali per un esercizio da team. Ci si esibisce sul quadrato, il dodici per dodici da occupare interamente, obbligatorie le combinazioni acrobatiche e artistiche, ma soprattutto delle collaborazioni e delle prese.

L'obiettivo è conquistare la giuria che si ha davanti, non solo attraverso la propria bravura tecnica, ma anche con l'espressione dello sguardo e l'interpretazione musicale.

Una linea del traguardo non facile da tagliare nemmeno da "grandi".

Finché, infatti, si compete da piccole, ci sono una serie di punti a cui non si bada in modo coscienzioso, spesso la si prende come un gioco, una piccola sfida in cui l'obiettivo è arrivare in fondo ricordandosi tutto l'esercizio. Quando si cresce questi obiettivi svaniscono a favore di altri, l'ambito podio diventa una costante.

Sono una ginnasta individualista da dieci anni circa, le competizioni a squadre le ho iniziate un attimo più tardi, giusto il tempo di capire come funziona quel complesso mondo chiamato "gare".

Quest'anno saremo inserite nella categoria più alta, ci si sfida a suon di decimi. Siamo solo all'inizio dell'anno sportivo, ma si guarda già in direzione di giugno e del campionato nazionale. Se si vuole arrivare lì bisogna battere duro fin da subito e beh, le carte da giocare in tavola le abbiamo in mano. Sta di fatto che bisogna giocare la regina di cuori e la certezza di portare a casa il gruzzoletto io non ce l'ho per niente.

Sono una ginnasta competitiva ma "al buio", io che ho sempre timore, io che do il massimo, ma sono anche capace di chiudermi nella mia stessa ragnatela.

Io che ambisco alle vette più alte. Io che quest'anno voglio ottenere il massimo.

Io che a giugno concluderò il liceo, così come la mia carriera sportiva.

Io che, per ora, non voglio pensarci e voglio vivermela al meglio, sulla mia pelle.

3. Crescita

U come unione

È mercoledì, oggi sono uscita alle undici e quaranta, la professoressa di inglese era assente. Sono riuscita a far tutto con calma, sul pullman c'erano pochissime persone. Ho pranzato alle dodici e cinquanta come i comuni mortali sono abituati a fare e non alle quattordici e quindici, come capita ogni giorno. La mamma ha preparato uno dei miei piatti preferiti, la pasta panna e salmone e la macedonia per concludere il pasto in bellezza. Quando mangio i cibi che preferisco mi si alimenta dentro un'energia positiva che mi rimane per tutta la giornata, un po' come quando c'è il sole, il cui calore mi rende allegra.

Devo iniziare a studiare per la verifica di matematica di venerdì. Matematica è la materia che meno mi sta simpatica, tutti quei numeri sono affascinanti, ma allo stesso tempo incredibilmente fastidiosi, saltano fuori come funghi e io il risotto allo zafferano con i porcini lo seziono come se fossi in un laboratorio chimico. Questa intolleranza mista a prurito verso le materie scientifiche è iniziata alle fine delle medie, non è che proprio odio geometria e aritmetica, semplicemente non mi piacciono quanto quelle umanistiche.

Il quinto anno del liceo e davanti a me la vita e il mondo, certezza mista a dubbi che nemmeno Amleto si è posto. Per questo ho iniziato a eliminare tutte le facoltà che comprendessero anche solo una piccola percentuale di cifre tra la grande varietà di corsi che presentano le università. Così ho tolto subito economia, ingegneria e tutti i corsi in cui si suddivide, poi continuando con fisica e matematica. Restringendo la cerchia mi sono orientata verso psicologia e sociologia per continuare sulla strada che ho intrapreso al liceo, per poi puntare la mia freccia al centro, direzione lettere e filosofia. Sin da piccola ho sempre detto e ripetuto che avrei fatto la maestra, crescendo ho portato avanti questa grande ambizione, spostando il focus sull'insegnamento per le scuole secondarie. Così ad oggi la mia decisione si sta stringendo, ho soltanto poche incertezze che scrollerò via andando ai vari open day durante l'anno.

Ho sempre immaginato la vita da universitaria come quella di una ragazza che in bicicletta vaga per la città, si sposta di aula in aula, vive con delle compagne in un piccolo appartamentino lontano dalla propria casa. Ad ora penso che questa non sarà la mia vita universitaria. Penso che starò qui vicino per poter portare avanti tutti gli impegni che esulano dalla mia formazione professionale: lo sport, amici, ragazzo, famiglia.

Apro il libro e il quaderno di mate, il tempo da passare tra le nuvole è finito ed è ora di cimentarsi in formule ed esercizi. Mi esercito per un paio di ore e poi guardo l'orologio scoprendo che ho giusto quindici minuti per sgranocchiare qualcosa per poi infilarmi il body, la palestra mi aspetta. Decido di prendere dei cracker mentre intanto vado a prendere lo zaino per scegliere cosa mettere.

Crescendo ho capito perché gli anziani anche con quaranta gradi all'ombra tengono il maglioncino. Mi sento un po' come loro. Quando ero piccola indossavo sempre un body smanicato oppure pantaloncini iper corti con un top anche quando fuori c'era la neve, mentre ora che siamo quasi a fine ottobre già scelgo il body con le maniche lunghe e i pantaloni fino al ginocchio.

Prendo le chiavi, l'acqua, l'IPad e vado.

Ho iniziato a fare ginnastica, o meglio educazione psicomotoria, a tre anni. Ho iniziato perché c'era un corso in paese e, quindi, la mamma poteva portarmi senza aver per forza l'auto che serviva a papà per lavoro. Andavo insieme a qualche compagna che era nella mia stessa sezione alla scuola dell'infanzia, ma crescendo, se ne sono andate, invece io sono rimasta.

La passione è nata dopo, però a piedi vado ancora anche oggi, la palestra è sempre la stessa, qualche cambiamento interno e materassi nuovi, mentre io sono decisamente diversa.

Inserisco le cuffie nelle orecchie e metto la riproduzione casuale, parte Alessandra Amoroso con "Avrò cura di tutto", io canto il ritornello in testa e il pensiero che va subito a lui, Andrea.

Andrea finisce scuola ogni giorno alle 14, perché il sabato non ha lezioni. Torna a casa, mangia e solitamente poi cade in un sonno profondo. Penso che sia successo così anche oggi, visto che è dalle quindici e trentacinque che non è più nel mondo digitale. Decido di mandargli un messaggio per comunicargli che sono ad allenamento e che, quindi, fino alle venti non risponderò.

"Ohi, spero almeno che tu stia facendo un bel sogno. Ricordati che sono in palestra fino alle 20.
Ci sentiamo dopo cena.
Un bacio."

Entro in palestra con un leggero sorriso che dietro cela la stanchezza della giornata che pian piano volge al termine.

Inizio a spogliarmi e l'indumento che tolgo all'ultimo minuto sono sempre le calze, odio il pavimento freddo a contatto con la pelle, mi fa sempre venire i brividi.

Approfitto dei cinque minuti di anticipo per scambiare due parole un po' con tutte, parlar del più e del meno.

Scattano le diciotto e come un orologio svizzero arrivano le piccole a cambiarsi per andare a casa e da lontano si sente la voce inconfondibile di Daniela che ci chiama per iniziare. Un po' svogliate ci trasciniamo fino alla striscia rossa, ci disponiamo in fila pronte per cominciare il lavoro. Io sono vicino a Lucrezia come sempre. Corriamo fianco a fianco per riscaldare la muscolatura, chiacchieriamo a voce bassa di tutto quello che ci salta in mente, fin quando, creatosi troppo rumore, Daniela ci invita ad abbassare la voce per poter lavorare meglio. Dopo il riscaldamento solitamente, seguiamo in ordine la scioltezza e il potenziamento per poi dividerci agli attrezzi. Oggi passa tutto molto veloce e oserei dire anche in maniera liscia. Le lancette segnano che mancano pochi minuti alle venti, ci riuniamo nuovamente tutte al corpo libero, ci

25

salutiamo e con passo rallentato e stanco simil creature infernali ci dirigiamo verso gli spogliatoi.

Non siamo ancora in inverno inoltrato quando è necessario vestirsi con tre o quattro strati, ora si può ancora rimettersi i pantaloni sopra il body, non infilarsi le calze, ma solo una felpa e un giubbino leggero.

Faccio le scale per uscire dal complesso sportivo, cerco di scorgere la macchina di papà, non la vedo e decido di incamminarmi a casa a piedi.

Nel frattempo, tiro fuori il cellulare e vedo che finalmente Andrea si è svegliato, sulla schermata di blocco noto che mi ha mandato tre messaggi, leggo dall'ultimo a ritroso.

"Ehi, ho appena finito la cena, vado a fare un giretto con Ginger."

"Che dormita!!!"

"Ohi, scusa per oggi, mi sono addormentato, ma ero stanchissimo."

Oh quante volte me la sento dire quest'ultima frase. Peccato che lui pensi di essere sempre il solo a sentire sopra di sé la pressione della sveglia mattutina, la scuola, gli impegni di un tipico adolescente. Faccio finta di non aver guardato il telefono, lo rinfilo in tasca e proseguo con il tragitto verso casa.

Mentre le mie Stan Smith sembrano andare da sole, fantastico su cosa potrebbe aver preparato di buono la mamma. Un passato di verdure forse? Una minestra leggera? La vellutata di zucca che amo tanto? Una pasta con qualche sughino?

Davanti alla mia mente queste tre immagini e la prima che si cancella è l'ultima, perché so che la mamma ormai ha capito che i carboidrati la sera non li gradisco molto.

Fantastico sulla cena e arrivo ai campanelli di casa. Tolgo le cuffiette dalle orecchie e salgo velocemente le scale.

In casa c'è solo mamma con Lenny, il gatto che abbiamo da un paio di mesi, ma che a prima vista sembra già un micione fatto e finito. Inizialmente a volergli bene eravamo solo io e lei, oggi è diventato il ruffiano di papà. Sentendo che ho chiuso la porta per salire si era già preparato all'ingresso, pronto per ricevere la sua dose serale di grattatine alle orecchie. Dopo di che, corro velocemente in bagno a lavarmi le mani e mi siedo.

Quando mi siedo realizzo che una delle immagini che erano apparse nella mia mente, è lì proprio nel mio piatto fumante.

Quanto mi piace la vellutata di zucca, mi piace tanto il colore arancio, un po' come i miei capelli, un colore e un gusto che mi rappresentano: dolce, ma non esageratamente e una scoperta nuova ogni volta che si poggia sulle papille gustative il cucchiaio.

Una bella doccia calda e filo dritta a letto, probabilmente Andrea mi sta aspettando per la nostra sessione serale di chiacchiere digitali e poi dopo una giornata così impegnativa mi sento abbastanza stanca.

Mi lascio andare accoccolata nelle coperte, quasi quasi mi sembra che ci sia qui anche lui, anche se non è vero, ma è come se lo fosse.

Buonanotte mondo.

4. Music

I come incanto

Stamattina mi suona nelle orecchie Adam Levine con la sua Lost Stars e nella mia testa canticchio. Non so proprio tutte le parole, a volte le invento stando a ritmo, a volte so intere frasi che in inglese suonano così bene, mentre nella traduzione italiana fanno comparire solamente punti interrogativi attorno a me, come succede nei fumetti.

Accompagno uno sbadiglio al passo veloce.

Alla terza ora c'è la verifica di storia dell'arte, ma non sono particolarmente agitata. È una tra le discipline che mi affascina maggiormente. Mi perdo davanti alle opere d'arte, immagino una volta ancora. Lo scorso anno sono stata a Parigi da Madame Gioconda, una scappatina al D'Orsay era d'obbligo e poi su per i gradini della regina Eiffel mentre sotto i denti si sgranocchiavano i macarons dai colori pastello.

Mi piacerebbe vederlo tutto questo grande mondo. Mano nella mano con qualcuno, magari con Andrea, i piedi che lasciano l'impronta e una cuffia per uno ad ascoltarci Jovanotti che ci culla con il suo romanticismo. Mentre sognavo ad occhi aperti sono già arrivata a scuola. Questa mattina ero sola, Andrea mi ha scritto che non si è sentito molto bene durante la notte e che ha preferito rimanere a casa a riposarsi; sinceramente lo conosco da poco e, perciò, non riesco a fiutare se mi ha detto una bugia e non è venuto a scuola perché non aveva studiato.

O perché realmente è malaticcio.

Sblocco il telefono e decido di scrivergli un messaggio.

"Andrew io sto entrando a scuola, ci sentiamo più tardi e fammi sapere come stai 😊

Un mega bacio."

Esco da scuola abbastanza "leggera", il test è filato liscio e anche il resto della mattinata. Il giovedì, per me, è l'anticamera del weekend ed è anche per questo che mi piace tanto tanto. Oggi è un relax day, devo soltanto ripassare gli ultimi argomenti di scienze umane e latino, niente di troppo scervellante.

Sono in cucina con tutti i miei libri davanti quando Andrea sembra resuscitato magicamente dopo aver dormito profondamente per più di quattro ore.

Qui c'è qualcosa che mi puzza, ma continuo a non voler indagare troppo e lascio perdere.

Il giovedì so che la mamma fa sempre una scappata veloce al mercato e, perciò, per pranzo mangio i bastoncini, gli anelli di calamari e le mozzarelline impanate. È proprio mentre mi perdo a pensare a tutto quello che tra lì a non molto avrò sotto il mio sguardo, che il pullman blu mi passa davanti e magicamente lo perdo per non aver camminato abbastanza veloce dalla fermata del bus arancio alla mia. È così che la mia acquolina svanisce piano piano sapendo di dover aspettare un altro po' prima di arrivare a casa.

Mentre aspetto altri quindici minuti, decido di infilarmi le cuffie e sbirciare i social.

Sul blocco schermo arriva un messaggio:

31

"Come è andata la mattinata?"

"Tutto bene dai, la verifica non era molto complessa. E tu, ti sei ripreso?"

"Ho dormito tutta mattina, mi sento moltoooo riposatoooo."

"Avevi qualche di importante stamattina a scuola?"

"Uhm, nulla, però sarei uscito alle 16 per un incontro pomeridiano"

"E' forse quell'incontro che ti ha fatto sentire malaticcio?"

"Potrebbe essere..."

Arriva il pullman proprio nell'attimo in cui sono indecisa se rispondere al messaggio di Andrea oppure no. Intanto prendo posto e poi magari gli rispondo. Sa benissimo che quando si comporta in modo infantile mi fa innervosire, ma sembra importargli poco. Sono un giocoliere che sta facendo girare cinque palline colorate contemporaneamente. Ho più di un'opzione a cui attingere, ma non so proprio quale potrebbe essere la migliore. Nell'incertezza va sempre bene il detto "il tempo porta consiglio". Credo che in questa situazione lo seguirò proprio.

"Ehi, lo so che sei lì."

Andrea, però, ha questo bellissimo dono di percepire subito quando ho qualcosa che non va come in questo momento. So benissimo che è abbastanza grande per prendere le sue decisioni, ma vorrei che capisse quanto è importante per me vederlo ogni mattina. Non è proprio paragonabile a un croissant francese, né a una pizza napoletana, è un cioccolatino Lindt con la carta oro, il mio preferito. Un cioccolatino che ti lascia la dolcezza in bocca e che vorresti mangiarne sempre uno in più.

5. Tempo

L come lavoro

Tempus fugit dicevano gli antichi latini. Il tempo è denaro mi sento ripetere spesso e beh, non posso negare che sia uno di quei proverbi che parlano di realtà, non si attacca ai vetri per essere spiegato, ma anzi si spiega da sé.

Il tempo sta passando, anche troppo velocemente, secondo il mio punto di vista. Sono ormai un paio di mesi che sto con Andrea, tutto fila liscio e, anche se ogni tanto qualche litigio c'è, si risolve spesso velocemente, perché ci vogliamo bene davvero. Non so ancora dire bene se sono innamorata di lui oppure no, sarà che provo per la prima volta cosa significa l'amore e ho quasi timore di nominarlo a volte.

Tra un paio di giorni sarà Natale e oggi è il primo giorno di vacanza, per questo ho approfittato per farmi un giretto in centro città per la caccia sfrenata agli ultimi regali.

Mamma, papà e mio fratello hanno già il loro pacchetto infiocchettato sotto l'albero, manca solo un piccolo pensiero per Lucrezia che vedrò oggi pomeriggio.

Ad Andrea ho deciso di regalare un paio di calze antiscivolo tutte colorate, un regalo piccolo e semplice, ma che mi rispecchia. Nella scatolina ho inserito anche il biglietto che nei miei pacchetti non manca mai. Il suo, però, è un po' più speciale.

Questo dicembre è abbastanza freddo, i fiocchi di neve hanno imbiancato tutta la provincia la scorsa settimana, ma il loro segno si può ben vedere ancora oggi nelle piccole montagne ammassate qua e là di ghiaccio e candido zucchero filato. Il naso è congelato come sempre, ma con la berretta e la sciarpa arrotolata come se fosse un boa non sento per niente i gradi sotto zero delle dieci mattutine. Il centro città durante il periodo natalizio è indescrivibile rispetto a tutti gli altri periodi dell'anno. Le luminarie lo rivestono da più di un mese (sarà che quasi ci vogliono imporre l'atmosfera natalizia?), le casette di legno rilasciano un profumo invitante di castagne, cioccolata calda, vin brulè.

Passeggio accanto alle vetrine alla ricerca del regalo perfetto e all'interno dei negozi si notano le commesse con cerchietti decorati di paiettes e renne.

Mi dirigo subito verso un piccolo store di candele profumate, quelle che Lucrezia ama accendere nella sua camera per profumare tutto l'ambiente. Ne scelgo una blu al sapore di oceano; ha un profumo quasi penetrante e ricorda molto l'estate, la sua stagione preferita. Credo proprio che le piacerà.

A casa mi aspetta una pasta al forno fumante, un pranzetto leggero insomma in vista delle tre ore di allenamento pomeridiano. La mamma obietta alla mia osservazione precisando che i carboidrati sono fondamentali a pranzo per avere l'energia necessaria durante le ore del pomeriggio; io non sono totalmente convinta, ma gusto il piatto prelibato leccandomi i baffi.

Preparo lo zaino e vado in palestra sempre nel mood eschimese. Arrivata decido di rimanere con la felpa e non si capisce molto se sto per fare ginnastica o subacquea visto che oggi ho deciso di dare un tocco di stile in più al mio look facendo coincidere la fine delle mie calze lunghe fino al ginocchio con l'orlo dei pantaloncini. In sostanza una meraviglia carnevalesca tutta da immaginare.

Andrea si è svegliato poco prima di pranzo e, quindi, non siamo riusciti a scambiare più di quattro parole. Ho ancora cinque minuti prima di entrare, perciò, decido di inviargli un messaggio, giusto per ricordargli che su questo mondo ci sono anche io.

"Ehi tu, sei nel mondo reale o ancora in quello dei sogni?

Ricordi che oggi sono in palestra?

Nel caso ti fossi dimenticato, te l'ho appena ricordato io.

A più tardi e buoooon pomeriggio ☺"

L'emoticon finale non deve mai mancare in un messaggio per Andrew, sa che io le amo e sa che se non le metto è perché c'è qualcosa che non va. Così ne inserisco una happy unita alle lettere ripetute come se mi si fosse inceppato un dito sul carattere.

Quando l'umore è alto sono così, sorridente e scherzosa.

6. Merry X mas

I come inarrestabile

"All I want for Christmas is youuuuuuuuuuuuu."

Mariah Carey canta l'ultima nota di questo saggio natalizio. Un'esibizione sempre abbastanza semplice quella invernale, dove la nostra presenza serve per dare colore grazie alle gonnelline rosse e ai cappelli natalizi che immancabilmente cascano ogni qualvolta andiamo a testa in giù. Al termine dell'esibizione ci si scambia gli auguri davanti a una fetta di pandoro imbiancato dallo zucchero a velo.

Il regalo a Lucrezia è piaciuto molto, così tanto che è riuscita ad indovinare cosa fosse senza nemmeno aprirlo. La sua reazione si è manifesta in un abbraccio in modalità koala che per poco non mi ha fatto finire spiaccicata sul parquet del basket. Lei è sempre così affettuosa, nettamente al contrario di me che assomiglio ai fiocchi di neve tipici di questo periodo.

Sugli spalti c'è la mamma che mi aspetta per andare a casa, è lei la spettatrice numero uno che in queste occasioni non manca mai, viene a vedermi da sempre e sempre con la curiosità di osservare come sto crescendo fisicamente ed espressivamente, perché di elementi tecnici non se ne intende tantissimo, anche se ha provato per diversi anni a imparare i nomi di alcuni movimenti.

Andrea questa sera non c'è, un po' mi dispiace sinceramente perché sarebbe stata la prima occasione che aveva di vedermi in un mondo che mi appartiene, dall'altro lato so che la cena con i suoi compagni di classe è qualcosa a cui raramente rinuncerebbe, spero che si stia divertendo senza dimenticarsi di me. È da un paio di ore che attendo un suo messaggio, ma fino ad ora lo schermo del mio IPhone non ha visto il suo nome. Con un rammarico sottile che incornicia il mio viso saluto tutti e mi dirigo a casa.

La doccia bollente mi bagna lentamente la pelle e i capelli che, incollati alla cute grazie alla lacca, pian piano riprendono la loro forma originale. Esco dal fumo umido lasciando la scia di profumo all' olio d'argan e mi vesto velocemente per sentire il meno possibile il fresco sulle braccia che provoca sempre un po' di pelle d'oca.

La destinazione da sogno è il letto che vedo come se fosse il paradiso; sono talmente stanca che dimentico di portar con me il telefono. Mi stendo e crollo in un sonno profondo.

7. Respiro

B come body

"Buonanotte piccola mia, dormi bene…"

"Ehi, ti sei dimenticata di me?"

"Sono arrivato a casa"

Sono passati pochi minuti dopo le ore nove e, dopo aver riposato bene, mi sento rinata. Sono appollaiata sulla mia solita sedia vicino al calorifero in cucina e sto facendo colazione con il the early grey, il cui aroma fa scalpitare le mie papille gustative insieme ai cereali con i quadratini di cioccolato: il modo migliore per iniziare le vacanze natalizie.

Il primo giorno di riposo me lo godo sempre al massimo: niente compiti, niente libri, solo relax.

Fuori un freddo felino, dentro un cuore riscaldato per l'arrivo del Natale.

Non ho ancora risposto ad Andrea, mi ha davvero deluso il suo comportamento e a volte aspettare è l'atteggiamento giusto per sbollire le emozioni che scalpitano dentro di me.

“Buongiorno, si può sapere dove ti sei persa?”

Lo schermo si illumina poco dopo la sfilata dei miei pensieri. Fisso l'IPhone e non so cosa fare, dubbi, perplessità e indecisione regnano in me, decido nuovamente di prendere tempo.

Mi rilasso sul divano con le mie cuffiette e con il mio gatto vicino che trascorre normalmente la giornata dormendo, più o meno come fa ogni giorno. Lo osservo nella sua perfezione: le vibrisse bianche, sottili e tese, il pelo a macchie morbidissimo, le orecchie appuntite e un muso dolce. Il gatto più bello del mondo a mio parere.

Accarezzo Lenny con tranquillità, la stessa che mi porta a voler rispondere ad Andrea.

“Buongiorno a te, tutto bene?”

“Non male, ma dov'eri finita ieri sera?”

"Saggio e poi casa → crollata nel mondo dei sogni."

"Qui qualcosa mi puzza… Non ti addormenteresti mai, se prima non ti do la buonanotte."

"Nah, non è per niente vero…"

"Qui qualcosa mi puzza… che c'è?"

"Nulla."

"Valentina sputa il rospo, si sente che hai qualcosa e mi piacerebbe proprio sapere cosa ti sta frullando in testa in questo momento."

Dentro di me un pensiero si aggira: "Mi frulla in testa che ieri sera tu dovevi esserci, lì sugli spalti a guardarmi e, invece, no, non c'eri e chissà in quale posto ti trovavi, con chi, se ridevi sorseggiando una coca – cola". La delusione si sparge a macchia d'olio, sempre più.

Andrea percepisce immediatamente che qualcosa non va, il problema è che non comprende al volo il motivo e questo non fa altro che demoralizzarmi ancora di più. Sa quanto tengo al mondo della ginnastica e a tutto quello che ruota intorno ad esso, "doveva esserci" continuo a ripetermi dentro.

"Ehi, sai una cosa?"

"Cosa…"

"Ieri sera ho incontrato Filippo, saranno stati almeno due o tre anni che non lo vedevo più."

"Oh, bene."

"E mi ha anche detto che gli piacerebbe molto conoscerti."

"E da quando?"

"Da quando io gli ho parlato di te…"

"Ahm, capito. Appena ho del tempo, va benissimo."

"Vale, cosa mi stai nascondendo? Non sei tu, non avresti mai risposto così: dimmi cosa c'è!"

Il tono di Andrea si fa più insistente anche se posso solo provare a immaginare la sua voce, lui non è qui, probabilmente sarà ancora mezzo addormentato nel letto a godersi il primo giorno di vacanza con gli episodi della sua serie preferita di Netflix.

Decido di sputare il rospo che non riesco più a trattenere.

"C'è che ieri sera eri in giro da qualche parte, con qualcuno, a bere qualcosa, mentre io ero lì pronta davanti a un pubblico di non so quante persone a cercare solamente te! E sai qual è il problema? Che tu lì non c'eri!

Rispondo impulsivamente e invio. Mi batte forte forte il cuore, ma il rospo non me lo sento più dentro. Passano i minuti, ma una risposta non arriva, Andrea chissà a cosa sta pensando: avrà letto il messaggio, starà scrivendo una risposta o forse non gli interessa nulla…

La mamma avvisa me, papà e mio fratello che il pranzo è pronto e dalla fragranza che si sente nell'aria dev'essere qualcosa di molto buono. Un piatto di lasagne con la crosticina sopra mista al formaggio mi si presenta davanti, i miei occhi sono a cuore, ma il mio stomaco non è totalmente in accordo con la mia mente. Si chiude tutto e tutta la fame che avevo si riduce a due bocconi ingoiati a fatica.

Il pomeriggio trascorre lentamente, fuori cadono delle gocce di pioggia e io attendo la risposta di Andrea da più di due ore. Decido di leggere per ingannare il tempo, ma non appena poso il segnalibro accanto a me noto che il mio cellulare si accende a intermittenza come se stesse impazzendo.

"Scusa"

"Non volevo"

"Sono uno stupido egoista"

"Lo sapevo quanto ci tenevi, ma poi non mi hai più risposto, non sapevo l'ora e ho lasciato perdere"

"Come mi devo far perdonare?"

"Rispondi daiiiii"

"Valentina scusa"

"Lo sai che ti amo"

È proprio su quell'ultimo messaggio che i miei occhi si concentrano. Sono senza parole, non me l'aspettavo e non so nemmeno io cosa sto provando in questo preciso momento. In fin dei conti ci frequentiamo da qualche mese, ma nulla di più, mi piace il nostro tempo, mi piace lui, ma non so se sono già pronta per dire quelle famose parole. Io non le ho mai dette…

"Non è questione di perdonarti o meno, il fatto è che tu sapevi quanto ci tenevo e avresti dovuto essere lì per me. Ovvio che ti perdono, ma il tuo comportamento mi fa riflettere: probabilmente tu non riesci a capire bene quali sono le mie esigenze, le cose a cui tengo tanto."

— Andrea mi ama - Ripeto questa frase a voce alta, infatti la mamma con volto interrogativo mi chiede cosa stavo dicendo e io le faccio un cenno per farle capire di lasciare perdere perché stavo parlando tra me e me.
Sono incredula, ma felice, sono frizzante.

8. Rosso e oro

R come reazione

Dopo la discussione di domenica, tra me e Andrea regna la quiete. Tutto sistemato e siamo nettamente più tranquilli.

Oggi è il 25 Dicembre, Natale.

Amo tanto l'atmosfera che si crea in queste settimane un po' ovunque: a casa, in paese, nella natura, tra le persone.

Sono serena, spensierata e poi amo aprire i regali. Quest'anno ho ricevuto dei nuovi smalti, un pigiama di Oysho, dei libri e le lucine da mettere in camera.

Andrea mi ha regalato un rotolo di penne colorate. Devo dire che ha centrato perfettamente il bersaglio. Io invece ho deciso di regalargli un piccolo album portafotografie per raccogliere i nostri momenti speciali. Non so se ho comprato il regalo ideale per lui, ma sinceramente non mi piace per niente fare i regali tipici che si fanno a Natale come maglioncini rossi e oro, papillon, cravatte o sciarpine.

Ci siamo scambiati i regali davanti a un cappuccino e una brioche nel nostro bar preferito, al tavolino sull'angolo a destra. C'erano moltissime persone, tutte intente a scambiarsi sorrisi e auguri.

L'atmosfera è speciale, e beh anche noi ci sentiamo speciali.

Le feste passano sempre molto in fretta: pranzi, cene, una partita a carte, la tombola, pandori e panettoni.

Il mio pensiero va continuamente ad Andrea, abbiamo passato questi giorni con le rispettive famiglie e devo proprio ammettere che mi è mancato come non mai.

"Mi manchi tanto tanto tanto"

"Anche tuuuuu Valeeee"

"Quando ci vediamo?"

"Che ne dici di una cioccolata calda tomorrow?"

"Dico che è un'idea fantastica, ma dopo l'allenamento"

"A che ora finisci?"

Respiro a testa in giù
Claudia Cinelli

"Alle 16.30"

"Passo a prenderti io"

"Perfetto"

"Buonanotte meraviglia"

"Notte a te, a domani, non vedo l'ora"

Mi sveglio ben riposata, ho sognato la finale delle Olimpiadi di Tokyo: io sugli spalti con la bocca aperta, immagino il podio e i suoi colori. Sicuramente gli Usa con le loro stelle e strisce, ma anche la Russia con le ginnaste dagli occhi lapislazzuli e capelli biondi. E poi chissà? Brasile, Cina o il Giappone? È stato il sogno di stanotte, ma è anche uno dei sogni che ho da un paio d'anni. Oh, quanto vorrei poter guardare dal vivo una finale olimpica. La Biles, Mustafina, Ferrari e chissà quali altre ancora. Lo sogno e vorrei tanto che un giorno potesse diventare realtà, magari l'arrivo dell'anno nuovo porterà con sé novità scoppiettanti. Chi lo sa? Intanto mi preparo per andare in palestra: oggi allenamento doppio, una parte la mattina e una il pomeriggio, in pausa mangeremo una pasta al pomodoro tutte insieme.

Le vacanze mi piacciono anche per questo: si rompono gli schemi e l'ordine che si mantiene per tutto il resto dell'anno.

In programma c'è la prima gara che si svolgerà tra meno di un mese. In lontananza si vede l'agitazione, bisogna reagire e lavorare più che si può.

Arrivo nello spogliatoio, saluto Lucrezia e le altre e poi mi spoglio: per questa fredda giornata di fine dicembre, ho scelto il body con le maniche lunghe perché sono molto freddolosa.

Ci mettiamo in riga e iniziamo a correre. Gli allenamenti durante le vacanze sono sempre produttivi per me, riesco a concentrarmi ancora meglio del solito, senza pensare alle verifiche, alla maturità e a tutto quello che ci sta intorno.

Partiremo dalla trave, la bestia nera della ginnastica, la mia bestia nera. Ci riscaldiamo per dieci minuti con le andature, i salti artistici e quelli acrobatici; dopo di che proviamo a fare l'esercizio di gara.

Quando c'è silenzio e tutte guardano te riesci un po' a respirare l'atmosfera di una gara: gli occhi puntati sulla tua figura, i commenti con la voce bassa, il cuore che batte e l'adrenalina che sale incontrollata.

Ormai le mie compagne mi conoscono bene e sanno che a questo attrezzo preferisco salire per ultima per riuscire a concentrarmi al meglio.

La prima è sempre Lucrezia, sicura di sé. Fa un buon esercizio, anche se Martina, la nostra allenatrice, le ricorda che può tenere di più la tenuta del corpo e le gambe possono essere più tese. una alla volta, anche le altre eseguono la loro performance.

È quando tocca a me che Martina, con un solo sguardo, sa farmi capire cosa sta pensando. Devo essere convinta.

Metto il primo piede sulla trave e inizio, cerco di mantenere una certa tranquillità dentro e fuori, ci riesco fino all'ultima lunghezza della trave. Verticale, capovolta, primo piede sulla trave, mi rialzo, perdo l'equilibrio e cado. Cado fisicamente insieme a lungo sospiro che dentro di me rimbomba come una grande delusione. Risalgo sull'attrezzo e concludo con l'uscita.

Martina mi guarda e dice soltanto poche parole:

— Peccato, non era male. —

Continuiamo con le parallele e il volteggio che mi riescono quasi sempre abbastanza bene; finiamo al corpo libero, l'attrezzo che ho riscoperto recentemente: sarà che ormai sono grande e posso mettere in gioco meglio l'espressività, ma oggi credo di aver concluso con una performance dignitosa.

Le ore in palestre passano sempre veloci, non mi accorgo nemmeno che è già arrivato il momento di andare a casa e allora mi torna in mente la merenda che il giorno prima Andrea mi aveva promesso.

Mi rivesto e cerco di sistemare al meglio i capelli in una coda di cavallo.

Esco e Andrea è pronto ad accogliermi con un grande sorriso. Non riesco a sorridere come vorrei, oggi avrei portato a termine una discreta prova gara, se non fossi caduta al primo attrezzo. Cerco di sciogliere questo nodo in gola con la cioccolata bianca, la mia preferita.

Andrea oggi è di buonumore e riesce a scansare i pensieri negativi dalla mia testa.

Passano due ore e devo proprio salutarlo per tornare a casa.

— Ciao amore, ci sentiamo più tardi. —

– Ciao ciao, ti scrivo dopo cena. –

Andrea si avvicina al mio orecchio sinistro e mi sussurra un "Ti amo" così speciale che mi fa venire la pelle d'oca da capo a piedi.

Non so cosa rispondere e mi limito e sorridere, a mostrargli un grande sorriso.

9. Ricominciare

I come infinito

Questa mattina la sveglia ha ripreso a suonare presto, ricomincia la scuola, l'ultimo quadrimestre del liceo. Ho voglia di voltare pagina, anche se l'idea di iniziare un percorso nuovo ovviamente mi spaventa.

Solita routine, passi verso la fermata, la bestia blu che arriva, Andrea che sale tutto addormentato e io sempre felice di vederlo.

— Buongiorno Andrew. —

— Buongiorno a te, Vale, anche se a me non sa proprio di un buon buongiorno. —

— Beh dai, quando si torna dalle vacanze di Natale ci si dirige verso la primavera e la fine della scuola, questo non può che essere un gran buongiorno. —

— Io avrei voluto ancora qualche giorno di riposo. —

— Dai smettila che non hai fatto altro che dormire per due settimane. —

— Non è assolutamente vero! —

– Sì, sì, sì. –

Io e il mio ragazzo amiamo prenderci in giro, chiacchierare alle sette di mattina e sfruttare ogni momento per conoscerci ancora meglio. Non passiamo tantissimo tempo insieme perché abbiamo tanti impegni e i nostri orari non coincidono mai, però quando si può, si sta in compagnia.

Arriviamo davanti a scuola e ci salutiamo.

Il lunedì è sempre impegnativo come solo un lunedì può esserlo e poi con questa maturità a giugno tutto diventa più pressante.

Per fortuna ci sono compagne come Chiara che riescono a rendere tutto più leggero e divertente, anche quando nulla sembra esserlo.

La mattinata trascorre tra argomenti nuovi e scadenze che rimbombano in testa come l'orologio che fa scattare i secondi.

Torno a casa, studio, palestra. È tutto un meccanismo ad incastri e oggi devo proprio ammettere che di Andrea mi sono proprio dimenticata. Anzi no, non mi sono per niente dimenticata, ma è il tempo che manca. Mi ha scritto un paio di ore fa, ma solo ora mi rendo conto che non gli ho ancora mandato una risposta, tanto che lui è costretto a inviarmi un altro messaggio.

"Signorina Valentina, ce l'ha un pochino di tempo per me questa sera?"

"Certamente, signorino Andrea. Mi deve proprio scusare, ma questo rientro scolastico mi ha preso in un vortice e non sono proprio riuscita a gestire tutto."

"Allora si deve proprio far perdonare"

"Beh, per forza, che ne dice di una buona brioche domani mattina?"

"Accetto l'offerta, sembra ottima."

"Adesso ti saluto perché sono distrutta veramente. Buonanotte tesoro."

"E io, invece, mi sento un po' troppo abbondonato da te. Buonanotte Vale."

Mi infilo sotto le coperte e percepisco dall'ultimo messaggio di Andrea che si sente solo, decido allora di riunire quel che rimane dei miei stanchi arti e sedermi alla scrivania per scrivergli qualcosa di carino. Ne salta fuori un biglietto colorato, spero tanto che gli piaccia.

Mi accoccolo nelle coperte e mi addormento sognandolo.

Il giorno seguente, mi alzo e mi preparo in fretta e furia per riuscire ad andare a comprare la brioche alla crema prima di prendere il pullman. Sono la prima cliente di quel giorno e il barista, per augurarmi una buona giornata, decide di regalare anche a me un croissant per iniziare il giorno con il piede giusto. Stamattina fa veramente molto freddo e, una volta arrivata alla fermata dell'autobus, decido di ripararmi dal freddo indossando anche il cappuccio che mi fa assomigliare a un'eschimese.

Mentre aspetto l'autobus infilo il biglietto per Andrea nel sacchetto, sperando che non si sporchi con la farcitura della sua colazione.

Respiro a testa in giù
Claudia Cinelli

Prendo posto e il cuore inizia a battermi forte per l'attesa di vedere se Andrea sarà contento della mia piccola sorpresa.

Emozione che viene subito spenta quando mi accorgo che il mio ragazzo non sta salendo sul pullman. Faccio una smorfia ed estraggo il telefono dalla tasca, ma sullo schermo non compare nessun messaggio, allora decido di aspettare che sia lui a farsi vivo.

Entro a scuola con il muso basso e inizio a seguire distrattamente la prima lezione: sono pensierosa e distratta dalle mille domande che invadono la mia testa.

A ricreazione decido di accendere lo smartphone nella speranza che Andrea si sia fatto vivo.

"Buongiorno Vale, scusa, mi sono addormentato e mi ha portato di fretta a scuola mia mamma.

Non mi è suonata la sveglia…

P.S. → la brioche posso passare a prenderla oggi da te?"

"Buongiorno Andrea, non importa... Ci sono rimasta di stucco nel non vederti salire stamattina sul pullman. La brioche è ancora qui, puoi passare a prenderla oggi, però poi non ho molto tempo per stare con te.

Buona mattinata"

Rimango vaga con il messaggio, sono giù di morale, proprio stamattina si doveva addormentare?!

10. Tempo

O come ora

Il tempo scorre e non lo puoi fermare. Lo dicevano i latini, lo dice un famoso proverbio, ma noi del tempo non ce ne curiamo e vogliamo bloccarlo tra le mani proprio quando inizia a sfuggire troppo velocemente.

Me ne rendo conto ora che manca solo una settimana alla prima gara, probabilmente la mia prima ultima gara.

Mi sto impegnando ancora di più, di più di ieri, ma sempre meno di domani. Questo lo vede Martina che mi incoraggia ancora di più, lo vede Lucrezia con le sue battute, lo vede mamma che teme che io mi lasci andare per la troppa pressione.

Mi sento bene, mi sento che sto dando il massimo delle mie potenzialità e non è proprio il momento di tirarsi indietro.

Andrea mi sta sostenendo come meglio può e non potrei esserne più felice.

È mercoledì ed è ora di andare in palestra: penultimo allenamento prima della competizione.

Mi sento pronta e affronto tutte le quattro prove nel modo giusto e, infatti, quando esco a fine allenamento sfoggio un sorriso tutto soddisfatto.

"Andrewwwww è andato tutto bene."

"Bravissima amore, vedrai che tutti gli sforzi saranno ripagati sabato."

"Spero tanto…"

"Adesso vado in cucina a mangiare le tagliatelle al ragù, a dopo."

"Anche io vado a mangiare, ho una fame da dinosauro."

Quando esco da allenamento lo stomaco richiama sempre la mia attenzione. Per questa sera la mamma ha cucinato la vellutata zucca e patate, quella che mi piace tanto. Annuso il profumo dal fumo che risale dal piatto e con la mente mi gusto già quel piatto così caldo di sapore.

Una volta finita la cena, mi faccio un bagno rilassante e poi mi fiondo nel letto.

"Buonanotte amore, a domani mattina."

"Goodnight honey, domani ci sarò."

Il giovedì e il venerdì passano veloci, cosa che solitamente non succede perché sono i due giorni più lunghi prima del weekend. Questo è proprio il segno che quella appena passata è una settimana tutta speciale, che porta con sé anche un certo grado di agitazione, quella che ti porta a far bene, ma che non ti abbandona.

11. EQUILIBRIO

È sabato. Sono le 15 del pomeriggio e tra un'ora devo essere pronta. Questa mattina sono stata a scuola, ma inutile dire che la testa era nettamente altrove. In realtà è da ieri sera che penso ad oggi. La mia testa dice che è l'ora di far bene, le mie gambe tremano.

Indosso il body, mille brillantini si illuminano su di me. Lo tocco, li sento, brillano ancora di più.

Faccio una coda molto stretta, talmente stretta che mi si tira anche tutta la pelle vicino agli occhi.

Mi guardo allo specchio prima di truccarmi: c'è silenzio, i miei pensieri mi parlano, mi incitano a far bene. Metto il mascara e la matita, quei trucchi che mi servono per cercare di dimostrare meglio la mia età, quella che apparentemente non mi associa nessuno.

Un lungo respiro e vado in palestra.

Entro e sento di essere a casa, il cuore batte una volta di più.

Mi prendo tutto il tempo che mi serve e mi presento nella zona riscaldamento insieme a Lucrezia che oggi è ancora più solare del solito.

Iniziamo a scaldare i muscoli insieme alle bambine più piccole.

L'ordine della gara odierna prevede che le rotazioni siano composte dalle ginnaste più grandi, le Senior, insieme alle più piccole, quelle che in tre fanno i miei anni.

Andrea mi ha scritto un "in bocca al lupo" prima, è stato dolce come in altri pochi momenti e mi ha rassicurato di più.

Mamma è la tifosa numero uno, è là sugli spalti che incrocia le dita per me.

Io sono qui, io sono pronta.

Ci prepariamo per la sfilata: sarò la penultima ad entrare, dietro di me Lucrezia che ha dieci centimetri più di me, davanti ho un piccolo nano con due codini sparati verso l'esterno, inconsapevolezza mixata all'agitazione di fare un esercizio da sola davanti a tante persone.

Il primo attrezzo saranno le parallele. Non sono molto preoccupata. Un esercizio di prova e poi gara. Io inaugurerò questa prima competizione. I minuti sembrano passare così lentamente e velocemente nello stesso momento.

Inspiro e mi presento alla giuria.

Osservo attentamente gli staggi e parto con l'esercizio: serve la presa salda, reattività, muscoli in tensione e atterro perfettamente a piedi uniti su quel blu.

Porto le braccia fuori e saluto nuovamente la giuria con un sorriso più rilassato.

Martina mi schiocca un cinque e dal suo labiale comprendo un "ce la fai".

Sostengo Lucrezia con un "dai": è lei che ora sta iniziando la performance e so che ora le mie parole le possono servire, visto che tra tutti gli attrezzi, questo è sicuramente il suo tallone d'Achille.

Arriva anche lei in quella distesa di mare e fa un piccolo saltello, non male per essere il suo attrezzo peggiore.

Attendiamo che anche le altre finiscano la gara e ci dirigiamo al corpo libero.

Sicurezza, espressione, potenza, precisione sono gli ingredienti principali. Proviamo le nostre serie acrobatiche e ginniche dopo di che decidiamo di fermarci e prendere fiato per dare il meglio qualche minuto dopo.

Distrattamente mi giro verso la zona dove era seduta mamma, ma nel far scorrere i miei occhi noto che qualche gradino sotto è seduto Andrea che con un occhiolino e un sorriso mi spinge a dare ancora di più.

Lucrezia continua la sua gara nel modo giusto e anche io porto gli occhi su di me grazie alla musica del mio esercizio.

Martina si siede tra di noi e ci avverte che è il momento di mostrare che siamo pronte.

Trave. Tre minuti per provare gli elementi. Le gambe tremano.

La mente e il cuore si scontrano, un punto d'incontro non lo trovano.

Salirò dopo Lucrezia a questo attrezzo, mentre al volteggio andrò io per prima.

La trave è uno di quegli attrezzi imprevedibili, gioca scherzi, mentre a volte è una compagna fidata. Lucrezia compie un solo sbilanciamento grosso, ma termina con un salto indietro stoppato.

Tocca a me, Martina mi sussurra un "credo in te" che è il via al circolo delle mie mille emozioni.

Inizio con una certa sicurezza e man mano proseguo faccio il conto alla rovescia degli elementi che mi mancano al termine.

Tre, due, uno: tiro punte e spingo in alto, salto avanti, atterro.

Sbatto le ciglia e compare un sorriso. Anche questo è andato bene.

Un abbraccio di Lucrezia e mi sento viva, così viva che quasi mi scappa una lacrima; non è il momento per piangere, bisogna finir bene.

Il volteggio richiede velocità e spinta, due caratteristiche che lo ammetto, sono un po' mie. Si fa un salto avanti e uno indietro, il punteggio è dato dalla media dei due.

Concludo la mia gara con due salti arrivati perfettamente e, dopo di me, anche la mia compagna fa lo stesso.

Aspettiamo le classifiche con la consapevolezza di aver fatto una delle gare più belle insieme.

L'anno pare essere iniziato bene, ma solo i punteggi, quei numeri sapranno dirci realmente come siamo andate.

Ci schieriamo in fila nuovamente dietro alle bambine saltellanti e sfiliamo con il sottofondo di numerosi e calorosi applausi.

C'è chi affronta la prima competizione della propria vita, c'è chi oggi non è andato come sperava.

La nostra classifica sarà l'ultima a esser letta, perciò ci sediamo e aspettiamo il verdetto applaudendo le altre ginnaste chiamate.

Dopo circa dieci minuti arriva il nostro turno: Lucrezia punta i piedi freddi sulla mia schiena e mi parte un lungo brivido.

Chiamano la terza, la seconda e poi arriva l'attimo più sospirato.

"Al primo posto, con un totale di 63 punti e 950 centesimi, Valentina Cigognini."

Ci metto un paio di secondi a focalizzare che è realmente il mio nome che è stato chiamato.

Sugli spalti Andrea inizia ad applaudire, mamma anche, mi alzo e mi dirigo verso il podio.

Stringo forte la coppa che mi è appena stata consegnata, sorrido e sono felice.

Esco dal campo della competizione: Martina corre verso di me e mi stringe forte, Lucrezia dai piedi del podio si complimenta con me ed io faccio lo stesso con lei che sorride; mamma è contenta con me, Andrea mi schiocca un bacio che mi comunica mille certezze.

È un equilibrio.

Un equilibrio di ragione ed emozione.

.

Ringraziamenti

Queste pagine racchiudono una parte di me.

Apro gli occhi e sono davvero arrivata a uno dei traguardi che mi ero posta non tanto tempo fa, quando ho capito che avrei desiderato rendere la ginnastica "quel qualcosa in più di una "semplice" passione".

Non sono stata una di quelle ginnaste "grandi e famose", ma sono stata una di quelle che dalla ginnastica ha imparato tanto e continua ad imparare ogni giorno.

Ho imparato che un impegno va portato a termine, sempre. E che la linea di arrivo non è soltanto una, ma ce ne sono tante quante ne vogliamo, basta volerle. E basta volerle raggiungere.

Il mio grazie va a chi ha condiviso (e ancora condivide) con me tutti questi anni in palestra, a chi mi ha "innaffiato" come un girasole ad ogni allenamento e mi ha coltivato giorno per giorno e mi trasmesso quel desiderio di voltarmi sempre verso la luce.

Grazie a mamma che mi ha sempre permesso di fare verticali sul divano e molto di più. E grazie anche a papà che imperterrito mi ha accompagnato a tutte le trasferte. In qualche modo inizialmente la ginnastica l'avete scelta voi per me e non avreste potuto fare scelta migliore.

E poi grazie anche ad Enrico che si è lasciato prendere per mano e trasportare da me in questo mondo ginnico ed insieme l'abbiamo esplorato ed io l'ho riscoperto una volta ancora più bello, affascinante e intrigante.

Sei come una musa, cara ginnastica, e senza che io ti dica nulla, tu continui a ispirarmi ogni giorno. Sempre di più.

Indice

Respiro a testa in giù
Claudia Cinelli

Editing Francesca Terrazzino

Edito Gruppo A.V. Italia SRL®
Part iva 03624001206
Bologna
Nuova collana Sezione Giovani
www.unavitadistelle.com
unavitadistelle@gmail.com
Bologna 09 ottobre 2022

Respiro a testa in giù
Claudia Cinelli

Finito di stampare ottobre 2022

Prezzo di copertina euro 9,50